W0354018

DER HERR DER RINGE™
DIE ZWEI TÜRME

JUDE FISHER

DER HERR DER RINGE™

DIE ZWEI TÜRME

DAS OFFIZIELLE BEGLEITBUCH

FIGUREN, LANDSCHAFTEN
UND ORTE MITTELERDES

KLETT-COTTA

EINLEITUNG

VIGGO MORTENSEN

Jude Fishers vorzügliches *Begleitbuch* zu *Die Zwei Türme* bedarf ebensowenig einer Einleitung wie ihr gleichermaßen erhellendes Buch zu *Die Gefährten*. Da sich jedoch die Möglichkeit bot, ein Vorwort hinzuzufügen, werden ein paar zusätzliche Worte ihrer guten Arbeit hoffentlich nicht schaden.

Die Zwei Türme, der zweite Teil von Peter Jacksons Verfilmung von J. R. R. Tolkiens Helden-Epos *Der Herr der Ringe* kommt in die Kinos einer Welt, die nicht sicherer ist als jene, in der letztes Jahr *Die Gefährten* zur Aufführung kamen. Tolkien verfaßte sein Meisterwerk in einer gleichermaßen durch Terror, Krieg und Unsicherheit aufgewühlten Zeit. Die großen nordischen Poeten und Sagenschreiber des mittelalterlichen Island, die Tolkien in starkem Maß inspirierten, lebten selbst unter einer Diktatur und in einer Zeit extremer Not. Selbst eine flüchtige Beschäftigung mit der Weltgeschichte würde zeigen, daß es keine neue Schrecken unter der Sonne gibt, daß wir vielleicht immer mit zerstörerischen Kräften in uns selbst und anderen werden ringen müssen. Das hält uns nicht davon ab, uns um eine Veränderung zu bemühen, daran zu arbeiten, einen besseren Weg zu finden.

„Wie ist es irgend möglich, daß das Wohl und Wehe eines Andern, unmittelbar, das heißt ganz so wie mein eigenes, meinen Willen bewege?"
Schopenhauer

Bestenfalls begreifen wir wie die Gefährten, individuell und als Gruppe, daß friedliche Koexistenz nur durch Wachsamkeit und bewußtes Mitgefühl für sich selbst und andere zu erreichen ist; besonders für jene, die uns schaden wollen. Das soll nicht heißen, daß wir zulassen sollten, als Einzelmenschen, Rassen oder Nationen zertrampelt und ausgelöscht zu werden. Trotz möglicher Unwägbarkeiten ist es wichtig, sich und andere gegen Unterdrückung zu verteidigen. „Man wird dich erniedrigen, doch trotzdem mußt du dich tapfer zeigen, wenn du auf die Probe gestellt wirst", rät ein Vater in einer der ältesten und bekanntesten Sagen seinem scheidenden Sohn. Die aufgeklärtesten Wesen in Tolkiens Mittelerde sind sich bewußt, daß Gut und Böse in Nachbarn, Fremden, Widersachern und vor allem in ihnen selbst gleichzeitig existieren. Eine Politik, die sich fortwährend an dem Grundsatz „Auge um Auge" orientiert, hat wenig Zukunft. Würden wir alle dauernd eine so unbeugsame Einstellung in die Tat umsetzen, wären wir bald alle Blinde, wie Gandhi gesagt hat. Man muß sich seine Schlachten aussuchen und nur kämpfen, wenn es sich nicht vermeiden läßt.

*„Gut und Böse ändern sich nicht von Tag zu Tag;
und sie sind auch für Elben und Zwerge nichts
anderes als für Menschen. Man muß sie nur
unterscheiden können, im Goldenen Wald ebenso
wie im eigenen Haus."
Aragorn zu Éomer*

Je mehr J. R. R. Tolkiens Geschichte in *Die Zwei Türme* an Komplexität und Tempo gewinnt, desto gefährlicher wird die Lage für die inzwischen zerstreuten Gefährten und alle wohlmeinenden Leute von Mittelerde. Die Hoffnung ist eine so schwache Flamme, daß es selbst für die Tapfersten und Klügsten so gut wie ausgemacht scheint, daß sie am Morgen ausgelöscht sein wird. Trotzdem will Frodo seine einsame Reise ebensowenig aufgeben wie Sam seine Entschlossenheit, dem Ringträger selbstlos auf seinem mühsamen Weg zum Schicksalsberg zu helfen. Desgleichen werden Merry und Pippin ihren Kampf ums Überleben fortsetzen und allen denen zu Diensten sein, die sich gegen Sauron und seine irregeleiteten Knechte wehren. Im isolierten stolzen Reich Rohan können König Théoden und sein tapferes, wenn auch zahlenmäßig weit unterlegenes Volk in ihrem verzweifelten Kampf gegen Sarumans schreckliches Heer auf den Mut von Gimli, Legolas und Aragorn zählen. Gandalf selbst, scheinbar verschwunden, wird zurückkehren und seine alterslose Weisheit und seine Kraft der Inspiration den Gefährten und allen freien Völkern Mittelerdes zur Verfügung stellen.

*„Wirklich weise ist jener, der weit gereist ist und den Lauf der Welt kennt.
Wer weit gereist ist, kann sagen, welch Geistes die Menschen sind, die er trifft."
Aus Hávamál, nach der Übersetzung von Björn Jónasson*

Unbekannt ist, wie immer, ob die Opfer der wenigen Tapferen in anderen Selbstvertrauen wecken und sich am Ende als ausreichende Mittel erweisen werden, das Blatt zu wenden und die Mächte, die uns alle zu Sklaven machen würden, zu entwaffnen. Vermutlich gibt es so etwas wie einen dauerhaften Frieden nicht, so wenig wie einen Garten, den man niemals jäten und wässern muß. Geschichtenerzähler und Geschichten ändern sich, aber die Gelegenheit, daß wir oder andere Gutes oder Böses tun, wird es immer geben. Das Recht, darüber zu entscheiden, wie wir miteinander leben wollen, liegt bei uns, es sei denn, wir geben es auf. Es gibt für die Probleme von Heute oder Morgen weder eine rasche noch eine leichte oder dauerhafte Lösung. Ein Schwert ist ein Schwert, nicht mehr. Hoffnung, Mitgefühl und Klugheit, geboren aus Erfahrung, sind für Mittelerde wie für unsere Welt die mächtigsten Waffen, die wir besitzen.

*„Alle Dinge sind miteinander verbunden, so wie das Blut uns eint. Der Mensch wirkt nicht das Gespinst
des Lebens, er ist darin bloß ein Faden. Was immer er dem Gespinst antut, das fügt er sich selbst zu."
Chief Seattle*

Namarie!

6

Rohan und Gondor
Eriador
Minhiriath
Dunland
Enedwaith
Nebelgebirge
Isengard
Dol Baran
Pforte von Rohan
Fangorn-Wald
West-Emnet
Ost-Emnet
Wold
Braune Lande
Emyn Muil
Rohan
Westfold
Angren
Adorn
Helms Klamm
Edoras
Schneeborn
Entfurt
Entwasser
Dunharg
Ostfold
Totensümpfe
Weisses Gebirge
Anorien
Cair Andros
Minas Tirith
Erech
Tarlangs Hals
Lamedon
Morthond
Pinnath Gelin
Gondor
Anfalas
Los Sarnach
Emyn Arnen
Lebennin
Dor-en-Ernil
Dol Amroth
Belfalas
Linhir
Pelargir
Anduin, der grosse Strom
Poros
Tolfalas
Bucht von Belfalas
Harondor
Umbar
Hafen von Umbar
Stadt der Korsaren

DIE TRENNUNG DER GEFÄHRTEN

„Ein Ring, sie zu knechten, sie alle zu finden, ins Dunkel zu treiben und ewig zu binden."

Der Hobbit Frodo, der junge Neffe von Bilbo Beutlin, hat eine gefährliche Aufgabe übertragen bekommen: Er muß verhindern, daß der Eine Ring – in alten Zeiten geschmiedet und mit großer, unheilvoller Macht ausgestattet – zu seinem Meister, dem Dunkeln Herrn Sauron, zurückkehrt. Deshalb trägt er ihn nach Süden und ostwärts nach Mordor, ins Land der Schatten, um ihn dort in den Schicksalsklüften, dem Vulkan, in dem er einst geschaffen wurde, zu zerstören. Jedoch der Ring hat einen dunklen Drang: Er will fortwährend zu dem zurückkehren, der ihn geschmiedet und mit seiner Lebenskraft und Bosheit durchtränkt hat; und Saurons lidlose Augen halten immer Ausschau nach dem Ring. Seine Horden von Orks und anderen Ungeheuern streifen ungehindert durch Mittelerde und bringen den Reichen der Elben, der Menschen und der Zwerge Vernichtung und Düsternis. Von seinem Heim im ländlichen, friedlichen Örtchen Hobbingen im Auenland ist Frodo mit dem Ring durch Bree nach Bruchtal gewandert, der letzten Zuflucht der Elben von Mittelerde, wo sich ihm eine Gruppe von Gefährten anschließt, die ihn freiwillig auf seiner Fahrt begleiten wollen: Aragorn, Sohn von Arathorn; Boromir, Sohn von Denethor aus Gondor; Legolas, Sohn von Thranduil, dem König der Elben des Düsterwaldes; Gimli, Sohn von Glóin, einem großen Zwergenkrieger; die Hobbits Meriadoc Brandybock, Peregrin Tuk, Samweis Gamdschie und der Zauberer Gandalf der Graue.

Aber inzwischen ist die Gemeinschaft zerbrochen. In Khazad-dûm verschwand Gandalf nach einem verzweifelten Kampf mit einem Balrog – einem alten Feuerdämon. Am Amon Hen verfiel Boromir der verwerflichen Macht des Rings und versuchte, ihn Frodo zu entreißen, weil er ihn zum Nutzen seines Volkes im Krieg gegen Sauron einsetzen und ihn nicht zerstört sehen wollte. Da ihm bewußt wurde, wie gefährlich der Ring selbst für seine Gefährten war, beschloß Frodo, die Aufgabe allein zu übernehmen; aber Sam Gamdschie folgte seinem Freund, und die beiden Hobbits brechen tapfer nach Mordor auf, um die Reise allein zu vollenden. Das dachten sie jedenfalls; denn jetzt folgt ihnen ein sonderbares Geschöpf, das den Ring für sich haben will.

Die übrigen Gefährten wurden von einer räuberischen Horde von Sarumans Uruk-hai überfallen, die ausgesandt war, den Ring und seinen Träger zu ergreifen und sie nach Isengard, der Festung des Zauberers, zu schaffen. Doch anstelle von Frodo und dem Ring schleppten sie irrtümlich Merry und Pippin, die falschen Hobbits, mit sich fort, obgleich Boromir starb, als er sie heldenhaft zu verteidigen suchte. Auf diese Weise wurden die Gefährten getrennt, und nachdem sie Boromirs Leichnam den Wellen des großen Flusses Anduin überlassen haben, müssen Aragorn, Legolas und Gimli, die in einem Elbenboot auf die Rauros-Fälle zutreiben, eine schreckliche Entscheidung treffen: Sollen sie Frodo und Sam folgen und ihnen bei der Zerstörung des Rings helfen oder versuchen, die beiden gefangenen Hobbits zu retten?

Nach Gandalfs Sturz in die Dunkelheit fiel Aragorn die Führerschaft der Gefährten zu, und das zu Recht, denn obgleich er die abgetragenen schlichten Kleider eines Waldläufers trägt, ist er in Wahrheit der verschollene König von Gondor. Aragorn entschied, da Merry und Pippin Folter und Tod sicher seien, müßten sie die Uruk-hai verfolgen; Frodo und Sam sollten ihre lange unsichere Reise allein fortsetzen.

Die Reise führt die beiden Hobbits, während sie langsam zum Land der Schatten wandern, durch rauhe Landstriche und feindselige Gegenden, in denen die Knechte Saurons immer gegenwärtig sind. Und mit jedem Schritt, mit dem Frodo sich den Toren nähert, scheint ihm der Ring, den er an einer Kette um den Hals trägt, schwerer und drückender zu werden, ihn niederzuziehen, seine Kraft und seinen Willen zu mindern.

Zu beiden Seiten des Anduin zeigt das Land über den Rauros-Fällen große Furchen und Grate, durchzogen von vielen Rinnen und Schluchten. Vor der östlichen Sonne zeichnet sich, dunkel und gezackt, eine Reihe gezahnter Berge ab; zwischen den Hobbits und den Bergen erstrekken sich achtzig Meilen felsigen Ödlandes. Es ist ein Grenzland, bekannt als die Emyn Muil, auf dem verstreut alte Ruinen liegen, die Überreste der großen Arbeiten von Gondor.

Zwischen diesen in Nebel gehüllten Klippen begegnen Frodo und Sam schließlich der schleichenden Gestalt, die ihren Schritten so viele Tage hartnäckig gefolgt ist.

GOLLUM

„Schlau wie ein Fuchs und glatt wie ein Aal ..."

Eine lauernde Kreatur ist den Gefährten nachgeschlichen, seit sie die Minen von Moria betreten hatten, angezogen von der bösen Macht des Rings. Das schleichende Wesen ist Gollum; und als Frodo und Sam von ihren Gefährten getrennt sind, werden sie Gollum schließlich auf den steinigen Hängen der Emyn Muil erspähen, wie er auf der Suche nach dem Ring durch die Klippen huscht.

Es ist schwer zu glauben, daß diese fahle, magere Kreatur mit ihren langen, klebrigen Fingern und ihren schimmernden Glotzaugen einst einem Hobbit nicht unähnlich war. Er hieß damals Sméagol und kam nicht aus dem heimeligen Auenland, sondern war einer von den Starren aus dem Land im Osten, das an den Anduin grenzt, der das Schlachtfeld der Schwertelfelder durchfließt. Hier wurde Isildur, der König der Menschen, aus dem Hinterhalt von Orks überfallen und überwältigt; er trug den Einen Ring bei sich, den er selbst von Saurons Hand abgeschnitten hatte. Dort ging der Ring verloren, er fiel in den Schlamm auf den Grund des Flusses, und dort lag er unangetastet Tausende von Jahren, bis zu dem Tag, da Sméagol und sein Freund Déagol beim Angeln einen großen Fisch an den Haken bekamen, der sie aus dem Boot zog, und als Déagol wieder an die Oberfläche kam, hatte er einen goldenen Ring in der Hand. Sméagol begehrte den glänzenden Gegenstand sogleich, und als Déagol sich weigerte, ihn herauszugeben, erdrosselte Sméagol seinen Freund und stahl den Ring und behauptete, er wäre sein „Geburtstagsgeschenk".

„Überall, wo wir hingingen, beobachtete uns die gelbe Fratze, bis wir eine Höhle fanden, und durch sie stiegen wir in die Berge hinab, und im Dunkeln vergaßen wir, wie die Bäume rauschen, wie Brot schmeckt, wie Wind streichelt . . . vergaßen sogar unseren Namen."

Und so begann der Ring seinen bösen Einfluß auf den Hobbit auszuüben, ließ ihn schmatzen und gurgeln, so daß er den Namen „Gollum" erhielt. Er brachte Gollum dazu, das Licht und die frische Luft zu fürchten, und trieb ihn aus dem Sonnenlicht in das Höhlensystem tief unter dem Nebelgebirge, wo er von rohem Fisch und anderem Getier lebte, das er in den lichtlosen Tümpeln fing. Dort hauste Gollum allein mit seinem Ring, den er seinen *Schatz* nannte, bis Bilbo Beutlin zufällig auf ihn stieß. Da drängte sich der Ring, der immer zum Dunklen Herrn zurückkehren wollte, schmeichelnd in Bilbos Besitz, und Bilbo trug ihn fort in sein Heim im Auenland. Gollum, der den Ring haßte, weil er ihn auf diese Weise verlassen hatte, und der ihn dennoch liebte, sah sich gezwungen, seine dunkle Zuflucht zu verlassen und in die Welt hinauszugehen, um seinem Besitz zu folgen. Als er jedoch aus den Höhlen auftauchte, wurde er von Knechten des Dunklen Herrschers gefangengenommen und in die Kerker unter dem Turm von Barad-dûr geschleppt. Er wurde gefoltert, denn Sauron wollte wissen, wo der Ring war; doch ihm gelang die Flucht, und seitdem jagt er hinter seinem Schatz her.

„Nein, nein, Herr! Bring den Schatz nicht zu ihm! Er frißt uns alle auf, wenn er ihn kriegt, er verschlingt die ganze Welt."

Und nachdem Gollum „gezähmt", gefangen und mit dem Elbenseil Hithlain gefesselt wurde, das Sam in Lothlórien erhalten hatte, schließt Frodo einen merkwürdigen Bund, denn er und Gollum haben dasselbe Ziel: Den Einen Ring davor zu bewahren, in die Hände des Dunklen Herrschers zu fallen. Überdies braucht Frodo einen Führer durch das Land der Schatten, und nur Gollum kennt die geheimen Wege nach Mordor.

DIE TOTENSÜMPFE

„Irrlichter! Leichenkerzen! Böse Lichter!“

Östlich der Emyn Muil erstreckt sich ein Sumpfgebiet, das sich im Lauf der letzten dreitausend Jahre über das Schlachtfeld von Dagorlad ausgebreitet hat. Es war der Schauplatz der letzten großen Schlacht gegen den Dunklen Herrscher Sauron, in der das Heer der Schatten besiegt und er in die Knie gezwungen wurde, womit das Dritte Zeitalter Mittelerdes begann. Geführt von Gollum, müssen sich Frodo und Sam den Weg durch diese fauligen Sümpfe bahnen, ohne dem düsteren Glanz der Toten zum Opfer zu fallen, die unter dem schlammigen Wasser zu erspähen sind. Eingezwängt in ihre Rüstungen, das silbrige Haar mit Unkraut durchzogen, scheinen unter der Oberfläche des Sumpfwassers Tausende toter Krieger zu ruhen – Menschen, Elben und Orks –, die Gesichter geisterhaft, ihre Leiber aufgebläht und fahl. Und überall sind geisterhafte Lichter – Phantome –, die wie flackernde Kerzen den Ahnungslosen verführen können, vom sicheren Pfad abzuweichen, tief in den Morast hinein, um dort steckenzubleiben und zu ertrinken.

„Schau nicht hin, wenn die Kerzen brennen ...“

ITHILIEN

Um der direkten Auseinandersetzung mit Saurons Heer von Orks, Ostlingen und Mûmakil zu entgehen, die sich am Morannon, dem Dunklen Tor Morias, zusammenballen, müssen sich Frodo, Sam und Gollum ihrem Ziel auf Umwegen nähern, halten sich südlich und betreten Ithilien, das Grenzland zwischen Gondor und Mordor. Dieses Gebiet war ursprünglich das Land von Isildur, dem Sohn von Elendil, König der Menschen, aber seine Nähe zu Mordor hat dazu geführt, daß es von seinen Bewohnern längst aufgegeben wurde. Als sich die Reisenden den Weg durch die aufsteigenden Wälder bahnen, über Gebirgswiesen voller Kaninchenhöhlen und Wildblumen, vorbei an Wasserfällen und schnellfließenden Bächen, stoßen sie auf die Überreste dieser einst bedeutenden Kultur: alte Straßen, jetzt unbenutzt und überwachsen, große Standbilder, umgestürzt und von Unkraut überwuchert. Es ist ein trauriges und liebliches Land, das jetzt nur Waldläufertrupps durchstreifen, die zu verhindern suchen, daß Orks und andere böse Kreaturen nach Gondor eindringen.

FARAMIR

Faramir ist der zweite Sohn von Denethor, Statthalter von Gondor, und der jüngere Bruder Boromirs. Er ist ernst und herrisch und Hauptmann einer Abteilung von Waldläufern, die Sam und Frodo gefangennehmen, als sie durch Ithilien wandern. Das liebliche bewaldete Land wird von Orks und anderen Feinden heimgesucht, als Saurons dunkle Heerscharen immer tiefer in die Lande der Menschen vordringen. Als Hauptmann der Waldläufer ist es Faramirs Aufgabe, dieses gefährliche Grenzland zu kontrollieren und Gondor, so gut er es vermag, vor plündernden Banden und den Spionen des Dunkeln Herrschers zu schützen.

„Seit Boromir dahin ist, erfüllt Faramir die Pflichten zweier Söhne ...“

Schon bevor er Frodo und Sam gefangennimmt und den wahren Hergang erfährt, hat Faramir den Tod Boromirs geahnt. Er ist ein feinfühliger, scharfsichtiger Mann, zu ahnungsvollen Träumen neigend, und in einer dieser Visionen sah er das Elbenboot, in dem Aragorn, Legolas und Gimli ihren toten Gefährten den mächtigen Fluten des Anduin übergeben hatten; als er erwachte, wußte er in seinem Herzen, daß sein Bruder tot war. Das wurde ein paar Tage darauf bestätigt,

als das silbergefaßte Ochsenhorn, das Boromir als ältester Sproß seines Hauses trug, in zwei Hälften gespalten am Flußufer angeschwemmt wurde. Von diesem sagenhaften Horn sagte man, daß sein Ruf, wenn er irgendwo innerhalb der alten Grenzen des Reiches Gondors zu hören war, nicht unbeachtet blieb. Doch als Boromir bei der Verteidigung von Merry und Pippin von den Pfeilen der Uruk-hai getötet wurde, befand er sich außerhalb der Grenzen des alten Königreichs, und das schwache Echo des Horns erklang dünn und fern.

Ihr Vater ist der Herr Denethor, Statthalter von Gondor, einer aus der langen Reihe jener Männer, die das Königreich bis zur Rückkehr von Isildurs Erben verwaltet hatten. Denethor wartet verzweifelt auf Nachricht von seinem ältesten Sohn und verschmäht fortgesetzt den jüngeren; eine schwere Bürde für Faramir.

Wie sein Bruder ist auch Faramir versucht, den Ring an sich zu bringen und zum Nutzen seines Volkes zu verwenden. In den Ruinen der alten Stadt Osgiliath muß Faramir über das Schicksal des Rings und seines Trägers, Frodo Beutlin, entscheiden. Die Zukunft der Freien Völker Mittelerdes liegt in seinen Händen.

MERRY, PIPPIN UND DIE URUK-HAI

„Tötet alle bis auf die Halblinge … Sie haben eine elbische Waffe, die braucht der Gebieter für den Krieg …“

Als die Uruk-hai-Krieger auf den Hängen unterhalb von Amon Hen über Meriadoc Brandybock und Peregrin Tuk herfielen, wehrten diese sich tapfer, obgleich es das erste Mal war, daß sie im Kampf Waffen trugen. Aragorn und Gimli kämpften gegen die Ork-Angreifer in grimmigem Zweikampf mit Schwert und Axt, und Legolas benutzte seinen tödlichen elbischen Langbogen; aber trotz der Tapferkeit der Gefährten erwiesen sich die Uruk-hai als zu zahlreich und zu stark, und die Gefährten wurden getrennt. Der furchteinflößende Anführer der Uruk-hai, Lurtz, schoß einen Hagel von Pfeilen ab, die Boromir töteten, und darauf ergriffen die Wegelagerer Merry und Pippin, denn sie erkannten, daß sie der Rasse der Halblinge angehörten, bekannt als Hobbits.

Sie waren von ihrem Meister, Saruman dem Weißen, beauftragt, einen bestimmten Hobbit zu finden, der einen seltenen und kostbaren Gegenstand bei sich trage, und beide sicher nach Isengard zu schaffen: Aber da sie weder die Identität des besagten Hobbits noch die Eigenart des Gegenstandes kennen, den der Zauberer begehrt, glauben sie irrtümlich, Merry oder Pippin sei der Hobbit, den sie suchen.

„Wir sind die kampferprobten Uruk-hai ... die Diener Sarumans des Weisen, der Weißen Hand ...“

Sarumans Uruk-hai waren wegen ihrer Kraft, Schnelligkeit und Brutalität gezüchtet worden. Sie waren große, dunkelhäutige, muskelbepackte, schlitzäugige Untiere, die in den Höhlen unter Isengard geboren, gefoltert und mit unaussprechlichen Dingen gemästet wurden, um ihren grausamen Geist zu formen. Sie tragen Sarumans Zeichen auf ihren Schilden und Gesichtern – eine weiße Hand. Sie können unermüdlich und entschlossen einen Tag und eine Nacht hindurch rennen, im Gegensatz zu anderen Orks, denen das Sonnenlicht mißfällt und die sich lieber in der Dunkelheit bewegen. Ihr Anführer ist Uglúk, weil des Meisters größte Schöpfung, Lurtz, von Aragorn getötet wurde. Da die kleinen Hobbits leicht zu tragen sind, nähern sich die Uruk-hai rasch ihrem Ziel.

DER FANGORNWALD

„Dieser Wald ist alt, uralt, und voller Erinnerung . . .“

Am südlichen Ende des Nebelgebirges liegt ein wildes altes Waldgebiet, der Überrest der ausgedehnten Wälder, die in den Älteren Tagen diesen ganzen Teil des Landes bedeckten. Fremden mag das Waldinnere dunkel und bedrohlich vorkommen, voll von Schatten und seltsamen Gestalten. Die Reihen der Bäume erstrecken sich in alle Richtungen, manche hoch und schlank und gerade, die geschmeidigen Zweige dem Licht entgegenstrebend, während andere knorrig sind, vom Alter gebeugt, die Rinde zerfurcht und aufgeplatzt. Viele sind von Flechten überzogen, als hätten sie große Bärte und Schnauzhaare; andere sind in trockene braune Blätter gehüllt und haben langfingrige Zweige, die wie Hände zupacken können. Und manchmal könnte man den Eindruck haben, daß sie sich im Wind nicht wie Bäume bewegen, sondern aus eigenem Antrieb. Für Reisende, die ihn nicht gut kennen, ist der Wald ein unheimlicher Ort; und er kann jenen gefährlich werden, die nicht freundlich zu Bäumen sind. Es ist nicht klug, im Fangornwald Holz für ein Lagerfeuer zu schlagen.

„Saruman ging früher in diesem Walde um, doch nun hat er nur noch Räder und Metall im Sinn.“

Im Süden steigt von den Werkstätten Isengards Rauch auf. Dort sind die Bäume reihenweise gefällt worden: Baumstümpfe kennzeichnen die verwüsteten Hänge. Der Zauberer Saruman, Herr des Ordens der Istari, der nach Mittelerde kam, um den Freien Völkern beizustehen, wurde durch sein Streben nach Wissen und Macht zum Schlechten verleitet, so daß er jetzt daran denkt, den Dunklen Herrscher selbst herauszufordern. Anfangs von den Befehlen Saurons angetrieben und jetzt vom eigenen Ehrgeiz, hat er die Wälder systematisch zerstört, um Brennstoff und Bauholz für seine zahlreichen Kriegspläne zu gewinnen – Brennstoff für die Feuer, in denen dunkle Rüstungen und Klingen für sein großes Heer geschmiedet werden; Bauholz für Belagerungstürme, Leitern und Rammböcke. Die Bäume von Fangorn und ihre Beschützer und Hüter, die geheimnisvollen Ents, werden eine solche böswillige Zerstörung nicht verzeihen.

ENTS

„Eh Erz ward gefunden und Baum gefällt,
Als jung unterm Monde lag die Welt,
Eh Ring ward geschmiedet, war Er schon alt,
Eh Unheil erweckt, ging Er um im Wald."

Im Inneren des Fangornwaldes werden Merry und Pippin – nachdem ihnen die Flucht gelungen ist – einem der ältesten und außergewöhnlichsten Bewohner Mittelerdes begegnen. Weil er so groß ist wie ein Baum, so wie jeder Baum in Moos und Flechten und Blätter gehüllt, kann man ihn leicht für einen Baum halten. Doch Baumbart oder Fangorn (denn er teilt den Namen mit dem Wald, den er durchstreift) gehört zu den Onodrim oder Ents – Wächter und Hüter der großen Wälder Mittelerdes.

„Das älteste Lebewesen, das in Mittelerde noch unter der Sonne wandert . . ."

Baumbart ist der älteste und klügste der Ents; drei Zeitalter lang hat er Mittelerde durchstreift, die Bäume umsorgt, hat die Leute der Welt kommen und gehen sehen und sie gelehrt, wie Pflanze und Baum und Blume leben.

Der Name „Ent" wurde den Onodrim vom Volk von Rohan verliehen; in deren Sprache bedeutet dieses Wort „Riese", und riesig sind sie in der Tat, messen vierzehn Fuß und mehr. Sie sind in einen Stoff gekleidet, der Baumrinde sehr ähnlich ist, von grauer, brauner und grüner Farbe, vom Alter zerfurcht und runzelig. Ihre Finger sind wie Zweige, und ihre großen Füße haben sieben lange knorrige Zehen, die Baumwurzeln ähneln. Ents bewegen sich sehr langsam, und sie denken sehr langsam. Eine Ratsversammlung der Ents kann mehrere Tage dauern, weil sie es lieben, die Dinge sorgfältig abzuwägen; aber wenn sie schließlich doch in Wut versetzt werden, ist ihr Zorn beträchtlich, und wenn er sich mit ihrer alten Stärke vereinigt, kann ihnen kein Heer widerstehen. Und die Ents des Fangorn wollen die Verwüstungen Sarumans des Weißen nicht hinnehmen, der ihre Schützlinge rund um Isengard abgeholzt oder Wurzel für Wurzel aus dem Boden gerissen hat, in dem sie seit Jahrhunderten friedlich standen.

DER MEISTER VON ISENGARD

„Der Weiße Zauberer ist klug …“

Saruman der Weiße, Oberster der Istari-Zauberer, die nach Mittelerde kamen, um die Freien Völker gegen die böse Macht Saurons, Herr des Landes von Mordor, zu führen, hat selbst eine große Gier nach Macht in dieser Welt entwickelt. Jahrelang beobachtete er das Treiben des Dunklen Herrschers, suchte geheimes Wissen in alten Texten, eignete sich magische Kunde und Fähigkeiten an und machte sich bereit zu handeln. Seine Festung in Isengard, die sich der Zauberer als Teil seines großen Plans angeeignet hat, steht an einer strategisch entscheidenden Stelle:

Denn in den Höhlen unter Isengard hat Saruman eine Armee von Uruk-hai geschaffen – Orks, mit Ork-Menschen gekreuzt, um sie kraftvoll, grausam und ausdauernd zu machen. Er hat sie mit seinem Zeichen – der weißen Hand – gekennzeichnet, und diese Kreaturen schweifen ungehindert durch das Land um Isengard und töten nach Belieben.

„... seine Spione sind überall.“

Nachdem er von Gandalf dem Grauen den Verbleib des Einen Rings erfahren hat, ist Saruman entschlossen, ihn in seinen Besitz zu bringen und für seine eigenen Zwecke zu verwenden. Er schickt eine auserwählte Schar seiner Uruk-hai aus, um den Ringträger, den Hobbit Frodo Beutlin, zu fangen; doch als sie unterhalb von Amon Hen die Gefährten überfielen, entkam ihnen Frodo, und es waren Merry und Pippin, die ihnen in die Hände fielen.

Nachdem dieser Plan fehlgeschlagen ist, will er sein Heer von Uruk-hai, Wilden Menschen, Orks und Wargen über das Königreich Rohan herfallen lassen; jenes Land, das er durch seinen Helfer und Spion Gríma Schlangenzunge von innen geschwächt hatte, indem er ihn König Théodens Geist vergiften ließ: Dadurch war dieser zu keiner Tat und Entscheidung mehr fähig.

Sie beherrscht die Pforte von Rohan zwischen dem Weißen Gebirge und dem Nebelgebirge; und was einst als Festung erbaut wurde, um die Sicherheit des Königreichs Rohan zu gewährleisten, ist jetzt zu einem Stützpunkt geworden, von dem Feinde ausschwärmen, das Reich zu verschlingen.

DER PALANTÍR

Die Palantíri sind die acht sagenhaften Sehenden Steine, Kristallkugeln, von den Elben angefertigt, die es einer Person mit einem starken Willen ermöglichen, in Raum und Zeit weit entfernte Szenen zu schauen, besonders in der Nähe eines anderen Sehenden Steins. Die meisten sind im Laufe der Zeitalter verlorengegangen, aber einer der erhaltenen Steine fiel dem Dunklen Herrscher Sauron in die Hände, und das machte es gefährlich, einen der anderen Palantíri zu benutzen. Ein weiterer Stein befand sich in Orthanc, wo Saruman ihn fand und sich mühte, ihn zu meistern, doch das machte ihn empfänglich für den Willen Saurons.

SARUMANS SCHATTEN

Saruman hat in Isengard große Werkstätten und Gießereien errichtet – Schmelzöfen und Schmieden und Rüstkammern, um Waffen und Rüstungen und Kriegsmaschinen zu produzieren – und damit eine einst schöne Landschaft mit waldigen Tälern, Hainen und munteren Bächen in eine öde Wüste verwandelt, auf der Brombeeren, versengtes Gras und Dornensträucher wachsen. Verfaulende Stümpfe zeugen vom Tod der Bäume, die gefällt und abtransportiert wurden, um seine unheilvollen Feuer zu nähren. Stinkende, farbige Rauchwolken stehen am Himmel um Orthanc und verpesten die Luft. Meilenweit sind Sarumans Verwüstungen zu sehen, für die Ents eine ständige Erinnerung an den Mord, der an ihren Schützlingen verübt wurde, und für das Reitervolk von Rohan eine Warnung vor der Gefahr, die an ihrer Schwelle lauert.

DIE VERFOLGUNG

Nach dem Handgemenge unterhalb von Amon Hen, durch welches die Gefährten getrennt wurden, traf Aragon die schwere Entscheidung, daß er, Legolas und Gimli, anstatt den Ringträger und Samweis Gamdschie zu begleiten, versuchen sollten, die Räuber einzuholen, um die Hobbits Merry und Pippin aus den Klauen der plündernden Horde von Uruk-hai zu befreien.

„Ein böser Wille ist hier am Werk, der die Schritte dieser Kreaturen beschleunigt und die unsrigen hemmt."

Die Uruk-hai, in nordwestlicher Richtung auf dem Weg nach Isengard zu ihrem Meister Saruman, waren wegen ihrer Kraft und Schnelligkeit gezüchtet worden; ihre Verfolger müssen sie irgendwie aufspüren und mehrere Tage und Nächte mit größter Schnelligkeit durch rauhes Gelände eilen, wenn sie ihre Freunde retten wollen.

„Wo das Auge versagt, gibt uns vielleicht der Erdboden ein Zeichen. Das Land muß stöhnen unter ihren verhaßten Füßen."

Nach drei Tagen und Nächten erreichen Aragorn, Legolas und Gimli die Ebene von Rohan, wo sie am Saum des Fangornwaldes einen Haufen schwelender Leichen von Orks und Uruk-hai entdecken, Beweis für ein Gemetzel, das unbekannte Angreifer angerichtet haben. Aber es findet sich kein Hinweis auf die verschleppten Hobbits. Jedoch im Inneren des Waldes wird es ein bemerkenswertes und unerwartetes Wiedersehen geben.

GANDALF DER WEISSE

„Ich bin wiedergekehrt, jetzt, wo das Blatt sich wendet."

Als die Gefährten, von Orkscharen verfolgt, durch die Minen von Moria flohen, war ein mächtiges, fernes Grollen zu hören; der Boden fing an zu beben, und durch das Labyrinth von Tunnels stahl sich ein stechendes und grelles Licht. Die Luft wurde heiß. Eine Kreatur der Alten Welt war aufgestört worden: ein Feuerdämon, ein Balrog, als Durins Fluch bekannt. Entsetzt über seine Anwesenheit zerstreuten sich die Orks scharenweise, schwärmten über die riesigen Säulen und durch die Hallen von Khazad-dûm hinaus. Das Wesen nahte in Feuer gehüllt, schwarzer Rauch umwogte seinen dunklen Leib und den gehörnten Kopf. Bewaffnet mit einem Flammenschwert und einer vielschwänzigen Peitsche raste es auf sie zu.

Gandalf der Graue befahl den anderen Gefährten, sich zu retten und die schmale Brücke über den Abgrund zu überqueren, während er in der Mitte des Bogens wartete, um den Dämon in Schach zu halten. Die Gefährten, die von der Schattenbachtal-Seite der Brücke zurückblickten, sahen den Balrog hoch über dem Zauberer aufragen. Sie sahen, wie das Feuer des Dämons durch das Feuer von Gandalfs Schwert, Glamdring, erwidert wurde. Der Zauberer schlug mit seinem Stab gegen die Brücke, und sie zerbrach. Sie sahen, wie der Balrog im Fallen seine Peitsche um die Beine des Zauberers schlang und ihn damit in den Abgrund zog. Und dann sahen sie nichts mehr und hielten Gandalf für tot.

Aber Gandalf starb nicht. Er fiel mit dem Balrog in die Tiefe, weit hinunter in die lebendige Erde, bis zu den tiefsten Fundamenten aus Stein, unablässig kämpfend. Als die eiskalten Wasser sie umschlossen, brachten sie des Balrogs Feuer zum Erlö-

schen, und dann verfolgte ihn Gandalf durch die dunkelsten Tunnel. Der Dämon floh vor dem Zauberer durch die geheimen Gänge Khazad-dûms, bis er die Endlose Treppe erreichte, über die beide Kämpfer hinaufgelangten in Durins Turm, der in den Felsen von Zirak-zigil gehauen ist. Dort, wo die Treppe in schwindelnder Höhe über den Nebeln der Welt endete, erwachte das Feuer des Balrogs erneut zum Leben, und dort setzte ihm der Zauberer so schwer und ausdauernd zu, daß es schien, Feuer und Blitz zerspellten den Berg, bis der Feuerdämon aus der Höhe hinabstürzte und den Tod fand.

Auf diesem kalten Berg, während sich die Sterne über ihm drehten, überfiel Dunkelheit den Zauberer. Dort lag er, allein und machtlos, keines Gedankens fähig, ohne ein Gefühl der Zeit. Aber er starb nicht, denn seine Aufgabe in Mittelerde war noch nicht erfüllt, und er wurde zurückgesandt. Als Aragorn, Legolas und Gimli im Fangornwald nach den verschwundenen Hobbits suchen, stoßen sie auf einen alten Mann, den sie irrtümlich zuerst für Saruman halten, denn unter seinem zerfetzten Umhang ist er ganz in Weiß gekleidet. Auch sein Haar, sein Bart und sein Stab sind weiß. Ein helles Licht leuchtet in seinen Augen.

Gandalf der Graue ist nicht mehr; jetzt ist er im Vollbesitz seiner Macht zurückgekehrt als Gandalf der Weiße.

DAS KÖNIGREICH VON ROHAN

Nördlich von Gondor liegt das Reich von Rohan, von seinem Volk die Riddermark genannt. Im Westen ist es begrenzt von der Pforte und den Isen-Furten (auf deren anderer Seite die Festung Isengard liegt), im Norden durch den Fluß Schneeborn, im Osten von der Entwasser, die aus dem Fangornwald fließt, und im Süden vom Weißen Gebirge. Die ausgedehnten grasigen Ebenen erstrecken sich meilenweit in alle Richtungen wie ein großer, grüner Ozean, und hier haben die Leute von Rohan – die Rohirrim – seit Generationen die machtvollen Pferde gezüchtet, für die sie in ganz Mittelerde berühmt sind und was ihnen den Titel „Pferdeherren“ eintrug.

DIE ROHIRRIM

„Wo sind Reiter und Roß und das Horn, das weithin hallende?
Wo sind Harnisch und Helm und Haar, das glänzend wallende?
Wo ist die Hand an der Harfe? Wo ist das lodernde Feuer?
Wo nun Frühling und Herbst und voll reifen Kornes die Scheuer?
Lang vergangen wie Regen im Wald und Wind in den Ästen;
Im Schatten hinter den Bergen versanken die Tage im Westen."

Die Pferdeherren von Rohan sind ein stolzes und altes Volk aus der Rasse der Menschen. Die Leute haben strenge Gesichter, sind tüchtig, tapfer und großmütig. Sie schreiben keine Bücher, aber sie verfassen viele Lieder, mit denen sie ihre Heldentaten in der Schlacht oder die Pferde, die sie züchten, feiern. Sie sind großgewachsen und kriegerisch und wohlbewandert in allen Kriegskünsten; das müssen sie zwangsläufig sein, denn seit sie ihr Land besitzen, sehen sie sich gezwungen, es an allen Grenzen zu verteidigen – gegen Einfälle von Orks und Uruk-hai (die jüngst bis zu den Isen-Furten vorgedrungen sind und dort König Théodens Erben Théodred verwundet haben); gegen die Korsaren von Umbar im Süden; gegen wilde Menschen und Dunländer, die sie vor langer Zeit in das Hügelland getrieben haben; und gegen ihren Hauptfeind – Mordor. Und obgleich sie sich im Augenblick mit Mordor nicht im offen Krieg befinden, spüren sie die Kälte seines Schatten, der sich nach Westen schiebt, und das macht sie mißtrauisch gegen alle Fremden; als Aragorn, Legolas und Gimli ihr Land auf der Suche nach ihren verschwundenen Gefährten durchqueren, wird man sie vielleicht nicht so willkommen heißen, wie sie es erwarten.

Die Reiter von Rohan auf ihren prächtigen Riddermark-Pferden tragen polierte Kettenhemden, die bis zu den Knien reichen, große Speere aus Eschenholz und bemalte Schilde auf dem Rükken. Ihr flachsfarbenes Haar haben sie unter den Helmen zu langen Zöpfen geflochten.

KÖNIG THÉODEN

„Théoden kann Freund und Feind nicht mehr unterscheiden ... nicht einmal in der eigenen Sippe."

Théoden war einst ein großer Kriegerkönig der stolzen Rohirrim, von seinem Volk geliebt; jetzt sitzt er zusammengesunken auf seinem Thron im Festsaal von Meduseld, ein seelisch gebrochener Mann, scheinbar niedergedrückt von frühem Alter und von Schwäche. In seiner Jugend war er hochgewachsen und stolz, stark und ernst, wie es dem Wesen der Menschen von Rohan entspricht, aber ein tragisches Schicksal ereilte sein Haus, raffte zuerst sein Weib, Elfhild, hinweg, das bei der Geburt seines einzigen Sohnes, Théodred, starb; dann fiel seiner Schwester Gatte den Orks zum Opfer, und sie selbst, die geliebte jüngere Schwester Théodwyn, siechte dahin, starb vor Kummer und hinterließ zwei Waisen, Éomer und Éowyn. Für diese beiden Kinder hätte Théoden wie ein Vater sorgen müssen, doch auf ihm lastet das, was er verloren hatte.

Da erkannte Saruman, dessen Land an Rohan grenzte, die Gunst der Stunde, und er versicherte sich der Dienste eines hinterlistigen Spions – Gríma, Sohn von Gálmód – bekannt als Schlangenzunge. Jahrelang hat sich Gríma in den Geist des Königs eingeschlichen, ihn mit bösen Ratschlägen genährt, um Saruman den Weg zu bereiten, der sich Rohan aneignen will. Des Zauberers Heer von Orks und Uruk-hai schlich sich immer tiefer in die Riddermark ein; doch währenddessen versank Théoden immer tiefer in Verzweiflung und Trägheit, unfähig, gegen die Eindringlinge vorzugehen oder gar die Gefahr zu erkennen. Als der Sohn seiner Schwester, Éomer, seinen König vor Gríma warnte, wurde er zornig auf den Jungen und schickte ihn zu Schlangenzunges großer Zufriedenheit fort.

Der Krieg rückt dem Volk der Riddermark immer näher. Mordors Einfluß wird immer größer, und Wilde Menschen, Dunländer, Orks und Uruk-hai dringen von Westen ein und töten alles, was sich ihnen in den Weg stellt. Rohan braucht seinen König jetzt mehr als jemals zuvor in seiner Geschichte: Théoden muß aus seiner Betäubung gerissen werden, wieder zu den Waffen greifen und sein Volk in die Schlacht gegen das Böse führen, sonst ist alles verloren.

EDORAS

„Von Gold sind auch die Türpfosten . . .“

Die Hauptstadt der Riddermark ist Edoras mit dem Hof von Rohan, im Schutz des Weißen Gebirges auf einem Felsvorsprung gelegen, umgeben von einer mächtigen Mauer und einer hölzernen Palisade. König Théoden, Herr von Rohan, residiert dort in Meduseld, der Goldenen Halle, dem Palast der Könige, einer prunkvollen Festhalle. Sie ist wie mit Gold gedeckt, alle Säulen und Balken sind im Stil der Rohirrim mit Schnitzwerk verziert, vor allem mit Pferdemotiven, um der großen Liebe und Achtung der Pferdeherren für ihre edlen Tiere Ausdruck zu geben.

GRÍMA SCHLANGENZUNGE

„Einst warst du ein Mann von Rohan . . .“

Gríma, Sohn Gálmóds und vertrauter Ratgeber von König Théoden, ist ein blasser, gebeugter, unterwürfiger Mann, der sich stets schwarz kleidet. Alle außer dem König kennen ihn als „Schlangenzunge“ – denn alle außer dem König erkennen, was er ist – eine Giftschlange im Nest von Edoras. Tag für Tag hat er Théoden verräterische Worte ins Ohr geflüstert, seinen Willen und die Klarsicht untergraben, durch die ein König herrschen muß; er hat ihn von allen guten Einflüssen isoliert. Auch der Tod von Théodred, den man heimbrachte, damit die Wunden, die er an den Furten des Isen erlitten hatte, gepflegt wurden, könnte auf Schlangenzunges Konto gehen. Sogar Herugrim, des Königs Schwert und Symbol seiner Macht, hat er in seinen Besitz gebracht und Théoden gegen alle aufgehetzt, die den König zum Kampf drängen könnten – vor allem gegen seinen Neffen Éomer, den Dritten Marschall der Mark.

Denn Gríma ist der Spion Sarumans und wurde vom Herrn über das benachbarte Isengard in den Hof des Königs eingeschleust, um ihn zu schwächen und zu stürzen. Saruman will die Herrschaft von Rohan zerstören und versprach seinem Spion ein besonderes Geschenk, wenn das Reich schließlich seiner Macht unterliegt: die schöne Éowyn.

„Zu lange schon hast du verstohlen nach ihr ausgespäht und bist ihr nachgeschlichen.“

ÉOMER

„In besseren Zeiten haben wir Gäste freundlich aufgenommen, doch heutzutage wird der unerwünschte Fremde uns barsch und streng finden."

Aragorn, Legolas und Gimli, die die Bande von Orks verfolgen, die ihre Gefährten Merry und Pippin entführt haben, betreten die Lande der Riddermark. Dort begegnen sie einer Gruppe grimmiger Reiter aus Rohan. Ihr Anführer ist ein großgewachsener, ernster Mann, der einen eisernen Helm, ein Kettenhemd und prächtige Waffen trägt. Sein Name ist Éomer; er ist der Sohn von Éomund und Dritter Marschall der Riddermark, Neffe von König Théoden. Er ist mit seinen Männern – gegen die Befehle seines Herrn, der den üblen Ratschlägen Schlangenzunges verfallen ist – unterwegs, um Orks und alle anderen möglichen Feinde des Königreichs zu jagen.

„Ich diene nur dem Herrn der Mark, König Théoden, Thengels Sohn."

Gríma, der Spion, hat den Geist des Königs vergiftet, so daß dieser allen mißtraut, die ihm ehrlich dienen wollen: Am Ende hat er ihn davon überzeugt, daß sein tapferer und getreuer Neffe ein gefährlicher Verräter sei, der zu seinem eigenen Vorteil einen Konflikt heraufbeschwören wolle.

„Schenkt Euer Vertrauen Éomer und nicht einem Mann von unredlichem Sinn!"

Aber es könnte dem Herrn der Mark wie Schuppen von den Augen fallen, wenn man ihn der tückischen Verhexung entreißen würde, die ihn so lange in ihrem Bann gehalten hat. Angesichts von Feinden, die von allen Seiten näherrücken, muß Théoden einsehen, daß Éomer – ein prächtiger Soldat, tapferer Krieger und ein Mann von Klugheit und Weitblick – genau der Mann ist, den das Königreich von Rohan in der Stunde der Not braucht.

ÉOWYN

„Tochter von Königen, Schildjungfrau von Rohan . . .“

Eowyn, Herrin von Rohan, ist die Tochter von Éomund, Marschall der Mark (der bei einem Ork-Angriff umkam, als sie noch ein Kind war), und von König Théodens Schwester Théodwyn, die nach dem Tod ihres Gatten am Kummer zugrunde ging. König Théoden brachte Éowyn und ihren älteren Bruder Éomer nach Edoras und zog sie dort wie seine eigenen Kinder auf, bis er dem bösen Einfluß von Gríma Schlangenzunge erlag und vor der Zeit alt und gebrechlich wurde.

„Schön und kalt wie ein Vorfrühlingsmorgen . . .“

Die Leute von Rohan sind von Natur aus grimmig und ernst, aber Éowyns Erziehung lastet schwer auf ihr: In ihrem Leben gab es nur wenig sorgloses Vergnügen, und das Lachen fällt ihr nicht leicht. Mit ihrer schlanken und anmutigen Gestalt, ihrer blassen Haut, dem langen Haar, einer goldenen Flut gleich, ist sie zweifellos schön, aber sie strahlt Kühle und stählerne Strenge aus. Dennoch ist Gríma Schlangenzunge von ihr fasziniert; und sein Meister, der Zauberer Saruman, hat sie ihm versprochen, sobald er das Reich von Rohan in seiner Macht hat. Als aber Éowyn Herrn Aragorn erblickt, den Erben von Königen, verliert sie ihr Herz an ihn; wenn auch das seine Arwen Abendstern gehört, der Herrin von Bruchtal.

Die Herrin von Rohan trägt ein altes Schwert, und sie weiß es genauso gut wie ein Mann zu führen. Bald wird sie es benutzen müssen.

PFERDE DER RIDDERMARK

Die Pferde, die seit Generationen von den Männern von Rohan gezüchtet werden, sind groß, kräftig und gut gebaut, haben ein glänzendes Fell und lange, wallende Mähnen und Schwänze. Schnell und kraftvoll wie sie sind, können sie laufen wie der Wind. In großen Herden durchstreifen sie den östlichen Teil der Riddermark, bewacht von nomadischen Hirten, doch vor kurzem wurden sie wegen der wachsenden Gefahr aus Mordor ins Landesinnere in Sicherheit gebracht.

SCHATTENFELL

Schattenfell ist der Leithengst der Mearas, der größten Pferde von Rohan, und „Herr aller Pferde"; er versteht die Sprache der Menschen und übertrifft sogar die Pferde der Nazgûl an Schnelligkeit. Seinen Namen verdankt er seinem silbergrauen Fell.

BREGO

„Stille nu, faeste . . . Hwaet nemnath the?"
„Still nun, ruhig . . . Wie nennt man dich?"

Ein prächtiger brauner Hengst überlebte das Scharmützel an den Isen-Furten, wo sein Reiter, Herr Théoden, verwundet wurde, und kehrte in den Stall nach Edoras zurück. Seitdem war er ungebärdig, und niemand durfte sich ihm nähern, bis Aragorn, Sohn von Arathorn, zu ihm kam und ihn in seiner eigenen rohirrischen Sprache und in der der Elben besänftigte, denn Aragorn hatte einen Teil seiner Jugend in Bruchtal verbracht. Das Pferd trägt den Namen Brego, zu Ehren des zweiten Königs von Rohan, und zwischen ihm und seinem neuen Reiter entwickelt sich ein starkes Band, das Aragorn gut zustatten kommt, als Orks die Gefährten auf der Straße nach Dunharg angreifen.

DIE VERWÜSTUNG VON ROHAN

„Er hat Orks in Dienst genommen, Wolfreiter und übles Menschenvolk, und er hat die Pforte gegen uns geschlossen; daher werden wir wohl von Osten und Westen zugleich angegriffen werden.“

Einst erstreckten sich die Graslande von Rohan wie ein wogendes großes Meer über die Ebenen, und die Pferdeherren unterhielten ihre Herden und Gestüte im Osten des Reiches; ihre Hirten lebten ein friedliches Nomadenleben, zogen von Weide zu Weide und von Dorf zu Dorf. Seit aber der Schatten Mordors selbst auf diese Gegend gefallen ist, liegt dort das Land verödet, in einer bedrohlichen, düsteren Stille, die nicht die Stille des Friedens zu sein scheint.

Aus dem Westen naht eine weitere Bedrohung. Sie hat ihren Ursprung jenseits der Pforte von Rohan, dem Paß, der zwischen dem Weißen Gebirge und dem Nebelgebirge liegt und den Eingang zum Königreich bildet. Die Pforte wird durch die Festung in Isengard geschützt, die Behausung von Saruman dem Weißen, der seit langem beteuert, ein Freund der Rohirrim und ihres Königs zu sein. Aber Orks und Uruk-hai haben immer häufiger Überfälle durch die Pforte nach Rohan unternommen. Und nicht bloß Orks: Wie es scheint, hat Saruman bei der Verfolgung seiner Ziele die alten Feinde Rohans – die Wilden Menschen und die Dunländer, die vor langer Zeit aus ihrem Land vertrieben und in die Berge gejagt wurden – dazu ermahnt, sich zu erheben und sich seinem schändlichen Heer anzuschließen.

„Sie kommen nicht, um die Ernten oder Dörfer zu vernichten – sie kommen, um das Volk von Rohan zu vernichten … bis zum letzten Kind."

Das Land von Rohan wird verwüstet. Siedlungen werden verheert, die Gebäude in Brand gesetzt; die fliehenden Männer, Frauen und Kinder werden erschlagen. Rohirrim-Krieger versuchen diese bösen Mächte zurückzuhalten und ihr Volk zu verteidigen, aber zahlenmäßig sind sie klar unterlegen. Théodred, Sohn von Théoden, wurde im Gefecht an den Furten des Isen verwundet, und viele seiner Männer verloren das Leben: Jetzt müssen die Überlebenden der Kämpfe und Tausende von Vertriebenen aus den eingeäscherten Dörfern nach Dunharg fliehen und in der uneinnehmbaren Festung von Helms Klamm sichere Zuflucht suchen.

WOLFREITER

Während des Dritten Zeitalters von Mittelerde schlossen die Warge von Rhovanion mit den Orks im Nebelgebirge ein Bündnis. Als Saruman der Weiße begann, seine Streitkräfte aus den zahlreichen Feinden der Freien Völker Mittelerdes zu rekrutieren, kamen die Warge und die mit ihnen verbündeten Orks aus den Bergen zu seiner Unterstützung herbei.

Wegen der außerordentlichen Größe der wolfähnlichen Warge – sie waren mindestens so groß wie die Pferde von Rohan – benutzten die Orks sie, um auf ihnen in den Kampf zu reiten. Die Warge sind äußerst tückische und erfolgreiche Jäger und können, in ihrer Suche nach Beute unermüdlich, weite Entfernungen zurücklegen. Darum stellen sie für jeden, der die Ebenen von Rohan schutzlos durchquerte, eine ungeheure Bedrohung dar.

ARWENS WAHL

„Ich sah in die Zukunft, und dort sah ich Tod.“

Tausende von Jahren vor den Ereignissen, die sich jetzt abspielen, begegneten sich ein Elbenmädchen und ein sterblicher Mann, verliebten sich und schworen einander ewige Treue, in einer Zeit der Verzweiflung, ungeachtet der Verschiedenheit ihrer Rassen und ohne Aussicht auf ein glückliches Ende. Ihre Namen waren Beren und Lúthien.

Beren war ein Held bei den Menschen, Sproß des Hauses von Barahir. Eines Tages sah er im Wald von Neldoreth eine Gestalt tanzen, und sie war so schön, daß es ihm die Sprache verschlug. Es war Lúthien, die Tochter von Thingol aus der unsterblichen Rasse der Elben; und in diesem Augenblick verlor Beren sein Herz, obwohl er wußte, daß sie ihre Unsterblichkeit aufgeben müßte, wenn sie ihr Volk verließe, um bei ihm zu sein.

Im Dritten Zeitalter von Mittelerde begegnete ein anderer Mann in den Wäldern von Bruchtal einem Elbenmädchen, und sie war von allen Frauen ihrer Zeit die schönste; denn sie war Arwen, Nachfahrin von Lúthien. Wie Beren war auch der Mann, der sie erblickte, vom ersten Augenblick an dazu verdammt, sie zu lieben. Das war Aragorn, Sohn von Arathorn, und er stammte aus dem Geschlecht von Beren und trug als Zeichen dessen den Ring von Barahir. Aragorn wußte nicht, daß das Mädchen die Tochter von Elrond war, der ihn in Bruchtal von Kindesbeinen an aufgezogen hatte, denn in all den Jahren, in denen Aragorn sich in Bruchtal aufgehalten hatte, war Arwen bei der Herrin Galadriel, ihrer Großmutter, gewesen.

Obgleich er die Liebe zwischen Aragorn und Arwen erkannte, wollte Herr Elrond ihrer Verlobung nicht zustimmen, denn seiner Tochter war es bestimmt, die Welt der Menschen zu verlassen, mit ihm in die Unsterblichen Lande zu ziehen und dort für immer als Unsterbliche zu leben; Aragorns Schultern dagegen sollte ein völlig anderes Schicksal aufgebürdet werden: Er sollte im Ringkrieg gegen die Mächte des Bösen kämpfen und die kurze Spanne, die ihm als sterblicher Mensch vergönnt war, in Mittelerde durchleben.

Die Liebe zwischen Aragorn und Arwen gleicht der Verwandtschaft zwischen Menschen und Elben; in dieser Zeit im Dritten Zeitalter, als der Schatten sich über alle senkte, stehen das Schicksal von Menschen und Elben auf Messers Schneide.

HELMS KLAMM

Helms Klamm, benannt nach Helm Hammerhand, dem Helden alter Kriege, der sich hier eine Zuflucht schuf, liegt in einer Klamm, die sich unterhalb des dreizackigen Thrihyrne durch das nördliche Weiße Gebirge windet. Sie war lange das Verteidigungszentrum der Westfold, und die Könige von Rohan legten im Lauf der Zeitalter in der Schlucht ein ausgedehntes und scheinbar unüberwindliches Befestigungssystem mit Abwehrmauern und Festungstürmen an.

„Kein Heer hat je den Klammwall durchbrochen oder die Hornburg erstürmt. Niemals, solange die Männer von Rohan sie verteidigen …“

Der Zugang zur Klamm wird von Helms Tor beherrscht, einem gewaltigen hölzernen Tor, das mittlerweile verwittert ist, und von der Hornburg, einem auf einem mächtigen Felsvorsprung gelegenen turmähnlichen Bauwerk mit dicken Mauern, das, wie es heißt, in der Zeit der See-Könige Gondors von Riesen erbaut wurde. Vom Turm bis zum Tor verläuft der Klammwall, eine große befestigte Mauer. Sie ist so breit, daß auf der Krone vier Männer nebeneinander stehen können, wird geschützt durch eine große Brustwehr und ist über Treppen erreichbar, die vom äußeren Hof der Hornburg hinabführen. Drei Treppenfluchten ziehen sich von der dahinter liegenden Klamm zur Mauer hinauf, aber die Außenseite ist glatt und nicht zu erklimmen. Unterhalb der Mauer liegt Helms Damm, ein ausgedehnter, ein oder zwei Meilen langer Erdwall zur Verteidigung, durchbrochen nur von einem Bach, der durch einen tiefen Durchlaß fließt.

„Sarumans Arm muß lang geworden sein, wenn er glaubt, uns hier ergreifen zu können."

Unter Helms Klamm liegen die Glitzernden Grotten von Aglarond, ein imposantes Höhlensystem, das gewiß zu den natürlichen Wundern Mittelerdes gehört und sich in vergangenen Zeiten als sichere Zuflucht erwies, wenn das Königreich von Rohan in Gefahr war.

VORBEREITUNG AUF DIE SCHLACHT

Einem Heer von zehntausend Orks und Uruk-hai, die von Isengard im Anmarsch sind, an Zahl hoffnungslos unterlegen, müssen sich die übriggebliebenen Gefährten und ihre Kameraden auf den Angriff vorbereiten, die Rüstungen anlegen und die Waffen bereithalten. Obgleich sich Helms Klamm in früheren Kämpfen als unüberwindlich erwiesen hat, verrotten inzwischen seine Tore, und die Zahl der Verteidiger ist klein. Die Leute von Rohan und ihre Mitstreiter haben so gut wie keine Chance; wie tapfer sie auch kämpfen mögen, sie können gewiß nicht siegen.

„Ich gehöre der Welt der Menschen an, und dies ist mein Volk: Ich werde mit ihm sterben."

Aragorn streift über sein Obergewand ein kurzärmliges schweres Kettenhemd und schützt seine Unterarme mit ledernen Armschienen, die einst Boromir von Gondor trug. Sein Schwert ist scharf geschliffen. Legolas, Prinz der Düsterwald-Elben, legt zum ersten Mal in seinem Leben eine Rüstung an. An seinem Gürtel trägt er zwei todbringende Messer, seinen großen elbischen Langbogen und den mit Pfauen verzierten Köcher, ein Geschenk Galadriels in Lothlórien.

Der Zwergenkrieger Gimli, Sohn von Glóin, trägt zum Kampf seine eigene lederne Rüstung, einen eindrucksvollen eisernen Helm und fünf furchteinflößende Streitäxte.

„Reiter von Rohan, rüstet zum Kampfe!
Untaten drohn, Dunkel im Osten.
Hengst sei gesattelt, Horn erschalle!
Auf, Eorlingas!"

König Théoden von Rohan hat die vollständige Kriegsausrüstung der Rohirrim angelegt, einen mit einer Pferdefigur gekrönten Helm, einen verzierten Brustpanzer und ein Kettenhemd. Er trägt sein großes Schwert Herugrim. Die Königliche Garde von Rohan ist ebenso gerüstet.

Bloß ein paar hundert Vertriebene aus den Siedlungen, die von Orks und Wilden Menschen verwüstet wurden, haben es bis nach Helms Klamm geschafft. Diese Männer empfangen ihre Ausrüstung aus der Waffenkammer in der Hornburg. Sie sind eine zusammengewürfelte Schar alter Männer und unerprobter Jungen; aber alle sind bereit, bis zum Tode zu kämpfen, um ihr Königreich zu verteidigen, obgleich sie an Zahl hoffnungslos unterlegen sind und ihr Schicksal besiegelt scheint.

Unten in den Glitzernden Grotten suchen die Frauen und Kinder Schutz, wo Éowyn, die Schildjungfrau von Rohan, sie verteidigen wird.

Der Himmel verdunkelt sich: Ein Sturm droht …

ELBEN UND MENSCHEN

„Die Welt wandelt sich. Ich spüre es im Wasser. Ich spüre es im Erdreich, und ich rieche es in der Luft. Unsere Zeit hier ist vorüber …“

Die Elben fochten zuletzt an der Seite der Menschen gegen die Mächte des Bösen in der Schlacht von Dagorlad, die den Sturz Saurons herbeiführte und das Zweite Zeitalter abschloß. Jetzt, im Dritten Zeitalter, hat Saruman seine Macht und seine Heere stetig wieder aufgebaut, während die Zahl der Elben geringer wurde und ihr Einfluß auf die Völker Mittelerdes abgenommen hat. In wachsender Zahl haben die Elben sich dazu entschlossen, diese vom Krieg zerrissene, kummervolle Welt auf dem Seeweg zu verlassen und in die Unsterblichen Lande zu ziehen, um sich in Frieden und Wonne ihrer Unsterblichkeit zu erfreuen.

„In alten Zeiten stand unser Volk dem König von Gondor zur Seite …“

Für viele aus der elbischen Rasse sind die Angelegenheiten der Menschen zu einem fernen Problem geworden, zu einer Sache der Geschichte, ja der Sage. Seit Isildur in Dagorlad den Ring von Saurons Finger schlug und selbst von dessen Macht verdorben wurde, sind dreitausend Jahre vergangen und das Geschlecht Gondors ist in Verfall geraten. Über die Fähigkeit von Isildurs Erben, Aragorn, die Völker Mittelerdes zu vereinen, ist wenig bekannt, und auf die Stärke der Menschen vertrauen immer weniger Elben. Daher berührt sie kaum das Schicksal Frodos und seiner Reise, um den Ring zu zerstören: mochten solchen Mutproben auch die edelsten Motive zugrunde liegen, führten sie wahrscheinlich zu nichts.

Aber wenn Saurons Aufmerksamkeit nicht durch die bevorstehende Schlacht bei Helms Klamm abgelenkt wird, wendet sie sich sogleich der Entdeckung und Ergreifung des Ringträgers zu, und sollte der Dunkle Herrscher den Einen Ring wieder in seinen Besitz bringen, wird seine Macht überwältigend sein und sein Schatten auf ganz Mittelerde fallen. Doch es gibt so wenige Verteidiger, um der riesigen Ork-Armee Widerstand zu leisten, die Sauron auf Helms Klamm losgelassen hat, daß er sich – ohne die Einmischung und das Bündnis der Elben – gewiß nur kurz wird ablenken lassen.

Elrond, Herr von Bruchtal, Frau Galadriel, Herr Celeborn aus dem Goldenen Wald und ihr Hauptmann Haldir von den Baum-Elben müssen lange und hartnäckig darüber debattieren, wie sie handeln sollen. Von ihrer Entscheidung kann der Erfolg oder das Scheitern des ganzen Unternehmens abhängen.

„Zu viele Niederlagen, zu viele fruchtlose Siege haben wir erlebt, um abermals auf die Kraft der Menschen zu vertrauen.“

DER FEIND

„Za dashu snaku Zigur, Durgbu nazgshu, Durgbu dashshu!
Heil, Sauron, Herr der Ringe, Herr der Welt!“

Gegen die Verteidiger von Helms Klamm ist eine zehntausend Krieger starke Streitmacht aufgeboten, bestehend aus Orks zu Fuß und auf Wargen reitend, und abtrünnigen Menschen aus dem Berggebiet von Dunland. Aber am bedeutungsvollsten von allen sind die furchteinflößenden Uruk-hai, Orks, die der Zauberer Saruman in den Höhlen unter Isengard durch Kreuzung mit Ork-Menschen gezüchtet hat. Und unter ihnen sind Verbände von Armbrustschützen, Langbogenschützen und Berserkern – ungeschlachte Krieger, offenbar unempfindlich gegen Schmerz und Furcht, die den Sturm auf Helms Klamm anführen werden.

„Das Heer wurde nur zu einem Zweck gezüchtet: die Welt der Menschen zu zerstören.“

5
2
7
8
4
6
3
1

1. Sarumans Heer, 10 000 Uruk-hai in voller Kampfausrüstung, dringt in das Tal vor
2. Die Verteidiger von Helms Klamm beziehen Stellung und warten auf den Kampfbeginn
3. Als der Sturm oben ausbricht, kommt das Heer der Uruk-hai vor dem Klammwall zum Stillstand
4. Die Schlacht beginnt. Der Feind richtet Sturmleitern am Wall auf, und kampfwütige Krieger führen den Angriff an
5. Éowyn und die Flüchtenden ziehen sich in die Glitzernden Grotten unter Helms Klamm zurück
6. Eine Explosion sprengt einen Durchgang in den Klammwall. Aragorn wird vom Wall und mitten in die Horde der Feinde gefegt
7. Unter dem Pfeilhagel der Bogenschützen auf dem Klammwall greifen die Uruk-hai die Tore der Hornburg mit gigantischen Sturmböcken an
8. König Théoden führt einen letzten mutigen Ausfall durch die Tore an
9. Éomer von der Mark und seine 2000 Rohirrim-Reiter erreichen das Gebiet oberhalb von Helms Klamm. Sie stürmen den steilen Anhang hinab und prallen auf die Flanke der Uruk-hai-Kämpfer
10. Die Uruk-hai, von allen Seiten angegriffen, fliehen auf den Taleingang zu, wo sie ihren Weg von einem mächtigen Wald aus wütenden Ents und Huorns blockiert finden

5
2
7
8
4
3

10

Danksagung

Mein herzlichster Dank für Hilfe und Unterstützung bei diesem Buch geht an

Jeremy Bennett, Hannah Bianchini, Jan Blenkin, Philippa Boyens, David Brawn, Terence Caven, Claire Cooper, John Howe, David Imhoff, Peter Jackson, Alan Lee, Erin O'Donnell, Mark Ordesky, Barry Osborne, Chris Smith, Fran Walsh

und ganz besonders an Viggo Mortensen, weil er sich die Zeit genommen und die Mühe gemacht hat, seine wunderbare Einleitung zu schreiben.

Klett-Cotta
Die Originalausgabe erschien unter dem Titel
„The Lord of the Rings: The Two Towers.
Visual Companion"
im Verlag HarperCollins, London

Text © Jude Fisher 2002
Fotografien, Standfotos, Auszüge aus dem Filmskript, Film-Logos
© 2002 New Line Productions, Inc. Alle Rechte vorbehalten
Zusammenstellung © HarperCollins*Publishers* 2002

Für die deutsche Ausgabe
© J. G. Cotta'sche Buchhandlung Nachfolger GmbH, gegr. 1659,
Stuttgart 2002
Fotomechanische Wiedergabe nur mit Genehmigung des Verlags
Übersetzung: Hans J. Schütz

„The Lord of the Rings", „The Two Towers",
die Figuren und die Orte darin™ The Saul Zaentz Company d/b/a
Tolkien Enterprises under license to New Line Productions, Inc.
Alle Rechte vorbehalten
„Tolkien"™ ist der eingetragene Markenname der J. R. R. Tolkien Estate Limited

„Der Herr der Ringe – Die zwei Türme. Das offizielle Begleitbuch"
ist ein Buch zum Film und ist nicht ausdrücklich von der Tolkien Estate genehmigt.
Dialogzitate sind dem Film entnommen, nicht dem Roman

„The Lord of the Rings" und seine Einzelbände „The Fellowship of the Ring",
„The Two Towers" und „The Return of the King" erscheinen bei HarperCollins*Publishers*.
Under license from The Trustees of the J. R. R. Tolkien 1967 Settlement.
Die deutsche Ausgabe „Der Herr der Ringe" und seine Einzelbände „Die Gefährten",
„Die zwei Türme" und „Die Wiederkehr des Königs"
© 1966 George Allen & Unwin Ltd. Published by arrangement with
HarperCollins*Publishers* Ltd., London

Fotografien: Pierre Vinet und Chris Coad
Gestaltung: Terence Caven
Satz des deutschen Textes: Offizin Wissenbach, Höchberg bei Würzburg
Gedruckt und gebunden bei Proost NV, Turnhout
Printed in Belgium

ISBN 3-608-93505-3

www.hobbitpresse.de/tolkien/